詩集　犬について私が語れること十の断片

汐海治美
Shiokai Harumi

風詠社

詩集　犬について私が語れること　十の断片

目次

はじめに

我が家に犬が来てから、私は癌になり、すっかり辞めていた詩を書いて小詩集として出版した。病気になると書きたくなるのは月並みなことだと言われそうだが（「病気と詩」で評論が書けそうだがそれもまた最大の月並みであろう）、そのようにしてしか「詩」に出会えなかったのだと思った。

その後元気になり、高校の文芸部の顧問をしていたので、「詩」について考えなければならなくなると、愛犬「桃ちゃん」のことを素材にするようになった。「俳句」らしきものを書かねばならなくなって、題材に困ると、「桃ちゃん」のことを書いた。どれも駄作だった。
（注　次頁）

この度、再び難病になり家で療養していた時、とても悲しいことが起こった。桃ちゃんは私に抱いてもらったり、かまってもらったりされないので、私に嫌われたか、または私が全く今までと違った人になったと思ったように、思った。（ほんとかどうかわからないけど。）　私は、桃ちゃんに「見捨てられたのだ」。病気だけでも悲しいのに、犬にも見捨てられて…。笑い事ではない。

それで、今まで折に触れて書いていた駄句・駄詩に少しでも装飾し、彼女に捧げることにした。そうは言っても、もちろん、この詩は我が家の愛犬「桃ちゃん」を扱っているが、桃ちゃんの詩ではない。小林秀雄が、他人の作品を批評しながら、「批評とは竟に己れの夢を懐疑的に語ることではないのか」（『様々なる意匠』）と述べた如く、これらの詩は桃ちゃんという犬を語ることによって情けない自分を語っている詩であるのは間違いない。どんな時も、「書く」ということは、己を語ることなのだ。そこに少しでも「懐疑」性があれば、きっと傑作になるのだろうけど…。

桃子・ももちゃん
犬名　DUCHESS OF KOMADA JP
生年月日　2007年6月12日
犬種　ジャック・ラッセル・テリア
性別　メス

（注）

「桃」のブルース

突然廊下に立ち止まって
桃は私を見上げる
その姿が既に
死を含んでいるように見えて
セツナイ

ベランダの夕焼けに染まって
桃は風に揺れている
今ここに引き止められた
哀しさが
おまえを縛っているようで
セツナイ

驚いて逃げたあげくに
桃は震えて私を待っている
いや待ってなどいなかった
ただ遠くを見ていた
遠くなど見えないのに
セツナイ

白い皿をなめながら
桃はあえいでいる
食べなければ生きられないと
あきらめているようで
セツナイ

０．出会わなければよかったよ

犬舎のバックヤードで
君と
出会ったときから
哀しかった

哀しみは
家に来て
増えることはあれど
無くならなかった
「春の月放埒の腹が息してる」と
詠んでも
哀しいのだ

これは
犬ではなく
「生き物」なのだ
生きていて初めて
意味あるもの
なのに
必ず
この小さな「生き物」は
自分の目の前で
死んでしまう

出会わなければよかったよ

だが

やがて
犬だけでなく
人間もそうだと
思えて初めて
君と出会った

君と暮らせる
日を数えつつ生きる

1. 今日もまた一生分のお別れをして改札口

送られて
仕事に出かける
そんなに哀しまなくていいよと
改札口で
頭をなでて
さようなら

哀しむことが
仕事のように
哀しんでくれて
次の瞬間に
さようならする

一瞬の薄情

きりっとして
去っていく
きっと
一生分
さよならしたのね

いつかほんとうにさようならするとき
君のように
薄情でいられるか
自信はないよ

2. 私も犬も十分生きたよ夏木立

あっという間に過ぎた人生の証のように
君はやってきた
早送りの人生
散歩が人生だったのに
今や
家が一番
毎日
ここで死にたいよ
と言っている

夏草を駆け抜けて
くるっと振り向いた

ここまでおいで
深い雪に体ごと
沈んで
どうしたらいいのと
ためらいがちに
振り向いた
ここはどこ
そんな日もあったのに

君の短い人生
私も老いて
犬の十年も人の五十年も
一緒だと思える
五十億年の地球の歴史に比べれば
だけど

君が死んでも
私は少しだけ生き残る
哀しいけどね
なぜ彼女は犬に生まれ
なぜ私は人間に生まれたのか
は
永遠に謎のまま

あとには
夏木立がいつものように

3．はあはあと犬も私も夏の散歩道

夏の夕暮
坂道の途中で
いつの間にか出ている月を
立ち止まって見上げた

三日月は欠けた部分に何を載せているのか
その重みでしだいに欠けて
それでも足りなくて
山辺に静かに
沈んでいく

三日月を欠けさせるものとは

人がいつのまにか
背負う
不幸の影のようなものか
それとも
毎月人知れず
誰かが引き受ける
いたわしい他人の負債か
三日月は
落とし物係り

だから
あの日から
三日月は
あまりにも大きな
落とし物に耐えかねて

沈むばかり

はあはあという息は
私からも犬からも
次第に消えて
今や犬は
出発を待っているが
出発するのは
犬ばかり
犬はきっと迷わず
家に帰るだろう

私は
ただ
坂の途中で

犬とはぐれたまま
立ち尽くし
三日月が
落ちていった先を
覗き込む

4．犬は待っている

犬はずっと玄関で待っている
「待つ」ことが仕事のように
足音に耳を澄ませ
もっと
自分の生を生きよ
いや旅をせよ
と命じても
決して実現しない

囚われの人生を
生きるのは
人とて同じだが

「待つ」ことの充実を
人は
犬ほど味わったことがあるのか
ご主人様の帰宅を喜ぶ
あの喜び方ができるほど
何かを待ったことがあるか

あの爆発的な喜びは
期待以上のものが
訪れた喜び

不在のものを
待つのに
慣れたふりを装いながら
人は

もう待たなくなった
今を生き急ぎ
明日を予言し
死の行列に
加わる
そして
自分の耳を
壮大な夕焼けの
空耳にして
歴史を殺すのだ

今日もまた
誰もいない
四つ角で信号が青に変わるのを待っている
さて犬は何を待っているのだろう

人も
犬と一緒に
待てれば
どんなにか幸せだろうに

5．犬のうんこ

四足を一点に集めて
つぼになって
うんこをする
虚空を見つめ
耳を少し後ろに
そこに扉があることを知っているように
恥じらいなく
うんこする

私が十代の詩人なら
「生き物が一本の管であることを
教えるために

そこにいる」
と書くだろう
なんと月並みな
だが
今はそんなことは書かない

犬がうんこするように
生きていい
と書く
亡き母は娘に
おしっこの失敗を見られただけで
気が狂った
そんな厳しい娘だったのだ
私は

だからどうか
恥じらいなく
うんこしていいよ
うんこもおしっこも
自然の現象ですから
犬のように
人もまた

6. 犬の気配がやがていびきとなって

犬は
いつも人に触れていたがる
いや、犬はいつもわたしに触れていたがる
場所を変えて座っても
いつのまにかそばに来てわたしと触れている
それなのに
わたしは人に触れるのが
嫌いなのだ
そんな私を嗜めるように
犬は私に
やさしく触れてくる

6．犬の気配がやがていびきとなって

やがて
寝息をたて
すべてを私に預けて
全力で眠る
眠ることは生きること
触れることは
主張すること
全力とは
舟を漕ぐ力
寝息は
永遠に続くよう

年老いてからは
いびきをかき
安心しきって

私に触れている
私は大きな帆

やがて犬が死ねば
私はその帆を失うのだろう
そして萎びた
一枚の皮となって
生き延びるのだ

7．犬と雷

雷が鳴ると
犬のしっぽは隠れてしまう
かつて
人間に短く切り取られたしっぽを
さらに隠して
吠えることすら
忘れてしまう
でも怖いものがあることは
いいことだ

何も怖れず
生きていると

すたすた歩いて
行方不明になった
あの子を思い出す
あの子も
忘れられれば
よかったのに

いなびかりはもっと原始的
腰を抜かして
穴の中に入ろうとする
穴なんてないよ

あの子にも
そう言えればよかった
暗い穴に

落ちてしまう前に

やがてすべておさまって
犬はいつのまにかすやすやと
寝ている
あの子のような嘘や秘密など
ひとつもない
かのように

8. 犬のわがまま

犬のわがままは、考えたことの結果ではなく
犬のわがままは、感じたことの結果なのだ

忙しい時に限って
繰り返し
気が済むまで、
ボールを持って遊びに誘いに来たのは
いつのころまで
だったろう

今は
くすくす

8．犬のわがまま

いつまでも食べ物を
おねだりする
私が食べている限り
どんなかすかな音も
聞き逃さず
いつのまにか横にいて
おねだりする
くすくす

遊び　食べ　寝る
それって「わがまま」？
人間の都合で生き
人間の価値観で測られる
飼い犬の正しい生き方を
我が家の犬も

励行する
正しさは
いつも不寛容だから
リスのように
車輪を回し
どこにもいきつかない
暮らしを
精いっぱい生きている

9．告白

本当のことを言おうか
ももちゃんの母親は
私ではない
いつのまにか
私は
ももちゃんの子供になってしまったんだ

ももちゃんがうちに来てから
私は
癌になったり
救急車で運ばれたり
そして今

仕事が続けられないほどの
難病になった
ももちゃんは
ちゃっかり夫の妻となり
私が子供となったわけさ

入院で
家を留守にした時
私のベッドで
うれしそうに
写真に写っていた

だから三人で出かける散歩では
遅れがちの私を
ちょっと誇らしげに

9．告白をすべきことあり夏木立

振り向いて
待つのさ

ももちゃんは
いつのまにか桃子となり、
夫の名前の横に
並べられて
堂々と
郵便配達されている

10.「震災と犬」

広瀬川を犬と散歩しながら
あの日
犬を連れて逃げられて良かったと
全てを失った人が言う

犬の代わりに持って逃げるべきものは
本当になかったのか
もちろん
問いかけたりはしない
誰も
それ以外の人生を歩めないのだから

10.「震災と犬」

あの日
津波が来なかったら
とか
何かをなかったこと
にする
人生を歩みたくても
歩めない
それは犬だって同じだが
そのことを
どんなにかどんなにか
望んでいるのが
人間だよと
犬に向かって
ささやいてみる

人の思いは
いつも行為に先立たれ
人はその後を
とぼとぼと歩くしかないのだが
繰り返し
悔やむことの中にしか
人の生はないのだと
犬に言い聞かせる

君は犬だから
ただ黙って聞くだけである

補遺　我が家の「モフモフ」

我が家の夏の夜に
是非ご招待いたしましょう
そこでは
見事に夫と犬が床で寝ているのを
ご覧いただけるでしょう
まるで同じ格好なんですよ
犬は「モフモフ」の毛皮を着ているから
暑くて行儀が悪くとも
仕方ないのですがね

夫にとっての桃ちゃんは
私の桃ちゃんとは

全く違っている
私の知らない
桃ちゃんがそこにはいて
妻の務めを
（きっと）果たしているんですよ
娘の私に見られないように
してね

私ときたら
病気のせいで
桃ちゃんに触ると
消毒しなければならないんです
桃ちゃんの「モフモフ」の中に
何かが隠れていて
私を攻撃するのです

だから
私たちは
川の字で眠られません
家族の真似事もできず
ひっそりと生きています

私が亡くなるより
桃ちゃんの死のほうが
きっと
夫には堪えるでしょうとも
そして
二人共いなくなった時
きっと
呆然とするのです

終わりに

去年、敬愛する詩人ぱくきょんみさんに、こんな葉書（一部です）を出した。

今日の新聞にボルヘスの「言葉は共有する記憶を表す記号」という言葉が紹介されていました。自己表現を超えた何かを掘り起こす試みが詩、ボルヘスほど深い想像力でなくても、「私」を超える他者との共有の夢を語りたいと願います。全然できないけど！

去年の今頃こんな壮大なことを考えていたのに、この詩集は「私」的世界そのもの。でも、この次の詩集（！）の前に、写真付きでまとめておきたかった。理由は、この詩集を読んでくださった方にはわかりますよね。桃ちゃんも私も、いつこの世からいなくなってもおかしくないから。あっ、でもここにかかれていることすべてが「事実」と思わないでくださいね。あくまでも「詩」ですから！

写真はすべて夫が撮ったもので、桃ちゃんが小さい頃はちゃんとブログがあったのですが、いつのまにかなくなった。それには彼なりの理由があるのでしょうが、きっと、「飽きちゃった」と思われているでしょう。私も少し疑っていますが。

「詩」は、生きる力を与えるものでなければならない、夢を語るものでなければならない…とは思うんですよ。でも今の私にはその力はないので、悪しからず。でも約束だけはしておきましょう。この次の詩集では、きっとそんなことにはなりませんよ。ちなみに次の詩集の題名は「64才を過ぎても」です。もちろんビートルズと関係してます。

またお会いしましょう！

汐海 治美（しおかい はるみ）　1951 年〜

2009 年「詩集　宙ぶらりんの月」(風詠社)
2011 年「震災詩集　ありがとうじゃ足りなくて」編著 (ユーメディア)
2012 年「震災詩文集　言葉にできない思い」編著 (ユーメディア)
2014 年「生徒が詩人になるとき」(EKP ブックレット)
2017 年「詩集　学校という場所で」(風詠社)
2018 年 9 月　聖ウルスラ学院英智高等学校退職
　　　現在桃山学院大学客員教授　宮城県詩人会所属

詩集　犬について私が語れること　十の断片
2019 年 1 月 11 日　第 1 刷発行

著　者　汐海治美
発行人　大杉　剛
発行所　株式会社 風詠社
　〒553-0001　大阪市福島区海老江 5-2-2
　　大拓ビル 5 - 7 階
　Tel 06（6136）8657　http://fueisha.com/
発売元　株式会社 星雲社
　〒112-0005　東京都文京区水道 1-3-30
　Tel 03（3868）3275
装幀　2 DAY
印刷・製本　シナノ印刷株式会社
©Harumi Shiokai 2019, Printed in Japan.
ISBN978-4-434-25522-9 C0092

乱丁・落丁本は風詠社宛にお送りください。お取り替えいたします。